La licorne noire

Étonnamment la plus maléfique des licornes tournées vers le mal.

Son pelage est d'un noir de jais, tout comme sa crinière, tandis que ses yeux sont d'un rouge lumineux. Ses sabots sont constamment enflammés, mais ce feu ne brûle jamais le sol foulé.

Sa gueule est garnie de deux rangées de petites dents effilées comme des rasoirs qui lui permettent de se nourrir de viande crue et parfois même lorsque ses proies ne sont pas totalement mortes. Essentiellement nocturne, la licorne noire voit parfaitement bien dans les ténèbres, mais la lumière du soleil l'indispose.

Quant à sa corne, tout aussi noire que son poil, celle-ci est empoisonnée. Toute personne touchée par la corne est instantanément paralysée et risque de mourir.

Vivant dans les forêts, dotée de mœurs similaires à celles de la pyrocorne, elle se consacre entièrement à souiller et à détruire son environnement aussi souvent que possible.

En sa présence, les oiseaux ne chantent plus, les ruisseaux coulent en sourdine et les arbres cessent de faire bruire leurs feuilles.

Zébracorne

Cette espèce qui vit dans les savanes équatoriales est munie de la robe à rayures du zèbre, avec une musculature plus délicate.

Ses yeux sont bruns et sa corne composée de deux torsades, l'une noire et l'autre blanche. La zébracorne vit en grands troupeaux composés d'un étalon, de plusieurs juments et d'une multitude de poulains. Pourvue d'un tempérament nomade, elle parcourt inlassablement la savane de manière à ce que l'herbe sèche et drue dont elle se nourrit ne s'épuise pas. D'une nature opiniâtre, elle se recentre sur son mode de vie et ses progénitures.

Cryocorne

Dernière des espèces de licornes nanties d'un tempérament maléfique, elle vit dans la toundra arctique. Son pelage varie du blanc bleuté au jaune clair, tandis que sa crinière ressemble à un amas de petits glaçons, sa corne à une grande stalactite de cristal et la couleur de ses yeux, du bleu très clair au blanc crémeux : tous ces atouts la rendent presque invisible aux yeux de ceux qui ne sont pas familiers avec les grands espaces enneigés.

Elle donne son cœur qu'une fois dans sa vie et peut rester célibataire. Elle mange tout ce qu'elle peut trouver et tuer pour se nourrir. Sa colère se traduit par un nuage froid glacial composé de petites échardes de glace qui jaillissent de sa gueule.

Chromacorne

D'un pelage tacheté de différentes couleurs, ses yeux sont habituellement bruns ; mais quelques spécimens possèdent des yeux verts et d'autres jaunes.

Évoluant dans les plaines herbeuses des climats tempérés, elle n'a qu'un partenaire dans sa vie et forme une petite famille qui ne se sépare jamais.

Elle ne se réserve pas un territoire, mais partage une grande prairie avec plusieurs autres familles qui flânent constamment à travers champs, de manière à ne pas épuiser les ressources du sol.

Elle se caractérise également par la capacité à créer des illusions très réalistes et à lancer des rayons multicolores de sa corne qui hypnotise, pendant une assez longue durée, quiconque se fait éblouir.

Licorne de féerie

On ne sait pratiquement rien d'elle, car elle possède la faculté de se fondre dans la nature grâce à son pelage vert et ses yeux de même couleur. Elle protège son territoire tout comme la licorne sylvestre et semble inoffensive.

Puissant porte-bonheur, repoussant les énergies négatives et éloignée des humains, elle veille sur les fées, les elfes et les esprits de la nature.

Legend (1985)

Lili, jeune et jolie princesse, est convoitée à la fois par Jack, jeune homme proche de la nature, et par Darkness, véritable incarnation du mal, qui ne rêve que de plonger le monde dans une nuit éternelle en tuant les deux licornes protectrices. Avec l'aide du lutin Gump et de ses acolytes Screwball et Tom Brown, Jack se lance dans une quête désespérée pour mettre fin aux agissements du démon et empêcher la transformation de Lili en créature perverse.

Nico la licorne (1988)

Billy, un petit garçon de 12 ans, prend en amitié un petit cheval maltraité par son maître.

Après quelques hésitations, sa mère l'achète. Billy prend soin de son nouvel ami et ne tarde pas à découvrir que la petite jument attend un heureux événement. Elle donne le jour à Nico, un poney avec une étrange bosse sur le front…

Le Voyage de la licorne (2001)

Le professeur Alan Aisling vient de perdre sa femme. Grâce à sa croyance qu'il existe quelque part un monde imaginaire, il va être entraîné avec ses deux filles Cassie et Miranda dans une aventure merveilleuse peuplée de créatures fantastiques.

LE TROISIÈME ŒIL

La corne de l'animal se situe au milieu du front, très exactement à l'emplacement du 6e chakra que l'on nomme le « troisième œil ».

Cet « œil » de la vérité assure la connexion avec le divin et, ainsi, avec les énergies subtiles du monde invisible. À cet emplacement précis se trouve la glande pinéale. « Pinéal » vient de « pin », la pomme de pin.

Le Dr Traynard la définit ainsi : « La glande pinéale ou épiphyse est une petite glande située au centre de la tête, sous le cerveau, et au sommet du tronc cérébral. Plus précisément, elle se situe en haut et en arrière d'une cavité centrale du cerveau appelée le 3e ventricule. Cette glande n'est pas visible chez l'enfant sur les radios du cerveau. Ce n'est que lorsque sa croissance est terminée qu'elle se calcifie et devient donc visible. Le fait qu'elle se soit calcifiée ne modifie en rien son fonctionnement ».

« Dans l'espèce humaine, dit Manuel Sperling l'épiphyse a la forme d'une pomme de pin (d'où son nom) ou d'un petit cône (d'environ 8 mm) situé en position médiane en arrière du troisième ventricule, entre les deux thalamus, au-dessus des colliculi supérieurs derrière la stria medullaris ». On compare cette glande au « troisième œil ».

La glande pinéale, ultime organe sécréteur dont la fonction fut identifiée, explique, indubitablement, les spéculations physiologiques et métaphysiques qui ont animé le rôle central qu'elle accomplissait autour de la pensée humaine. La plus célèbre de ces théories demeure, sans doute, celle du philosophe français René Descartes qui désigna la glande pinéale comme le « siège » de l'âme. Aujourd'hui, les études histologiques ont montré qu'elle se compose de deux hémisphères conjugués quasiment fusionnés.

Parfois surnommée « troisième œil atrophié », disposant d'une membrane qui capte les images au fond de la rétine des yeux, cette glande, remplie d'eau, apparaît comme la partie la plus « magnétique » du corps humain.

La médiumnité étant une faculté de perception sensorielle, elle a besoin d'un organe qui capte et d'un autre qui interprète.

L'hypothèse du Dr Sergio Felipe de Oliveira est que « la glande pinéale est un organe sensoriel de la médiumnité, semblable à un téléphone portable, qui capte les ondes du spectre électromagnétique, provenant de la dimension spirituelle, le lobe frontal procédant au jugement critique du message, avec l'aide des autres zones encéphaliques ».

Les chevaliers de la Table Ronde

Corps d'élite et assemblée des meilleurs chevaliers, la Table Ronde réunit entre 12 et 150 chevaliers autour d'une table ronde.

Présidée par le roi Arthur, elle rassemble Lancelot du Lac, Perceval, Tristan, Mordred, Galaad. Arthur représente le premier parmi les égaux. Les autres chevaliers sont aussi puissants que leur souverain qui gouverne avec leur accord.

Parmi ces chevaliers, Gringalas le Fort, qui participe à la quête du Graal, possédait ses propres armoiries (imaginaire) dont le blasonnement disait : « De sable à une licorne d'argent accornée et ancornée d'azur ».

En effet, le blason arbore une superbe licorne blanche, dotée d'une corne et de sabots bleus, tirant la langue, sur un fond noir jet !

Je cherche un CDI et une licorne

Après un joli succès sur les réseaux sociaux pour son annonce de recherche d'emploi, Camille Vigreux a décidé d'aller à la rencontre des recruteurs dans la vraie vie : « Dans mon métier, il faut se démarquer pour se faire repérer par un employeur », annonce, d'emblée, le jeune diplômé de l'ESTEI, à la recherche d'un poste de directeur artistique junior.

Tout naturellement, sa première démarche pour chercher un emploi a été de poster sur Twitter une photo pour annoncer sa recherche de job, accompagnée d'un tweet déjanté. « Je ne m'attendais à rien, confesse le Bordelais.

Mais ça a bien accroché sur Twitter, Facebook et Instagram, et j'ai vu les visites sur mon site décoller. »

Quelle fut la bonne idée de Camille Vigreux ? Adopter un ton humoristique, réaliser une photo de qualité et avoir rebondi sur le buzz d'un autre créatif auteur du Tumblr *Je cherche un CDI* et dont la première image déclarait : « Je cherche un CDI, et une licorne. »

L'engouement autour de sa candidature sur les réseaux sociaux lui a apporté des missions en free-lance, qu'il a acceptées, mais ce n'est pas ce qu'il recherchait. Camille Vigreux a décidé de poursuivre ses efforts en déclinant son initiative dans la vraie vie. Il a imprimé son montage photo en lui ajoutant un QR Code qui renvoie sur son site et vient juste d'aller les afficher devant les agences de com' de Bordeaux et Lyon. Un moyen de mieux cibler les recruteurs qui pourraient être intéressés par son profil.

Donjons et dragons

Ce jeu de rôle sur table, de type médiéval-fantastique, créé en 1974, consiste à entrer dans un univers de combats et de magie.

On retrouve un certain nombre d'espèces de licornes : licorne sylvestre, chromacorne, pyrocorne, licorne noire, cryocorne, zébracorne, rouanicorne, etc.

Contrairement à la plupart des créatures de type animal, ces licornes sont capables de dialoguer en utilisant le commun et le sylvain. La plupart d'entre elles servent leur seigneur Eachthighern, une puissance forte et loyale.

Deux sous-espèces de licornes sont mentionnées dans les deux campagnes de donjons et de dragons :

- Féérune, la patrie des licornes noires, regroupe une partie des pays de l'Europe médiévale ou de l'Antiquité, incluant des déserts brûlants, de denses forêts à perte de vue, d'imposantes montagnes et de brillants lacs et mers,
- Ravenloft, la patrie des licornes de l'ombre, une créature maléfique qui ne peut pas être montée. Elle incarne les descendantes d'une expérience menée par le seigneur de l'ombre Addar qui les a corrompues en les croisant avec des nightmares pour les rendre maléfiques. Cette région, composée de plusieurs pays de cultures différentes, s'étend de l'âge de pierre jusqu'à la Renaissance.

SUR LA TOILE

L'Enfant et la licorne (1955)

Dans le quartier pauvre d'East End à Londres, Joe, un petit garçon, vit avec sa mère, Joanne. Ils habitent au-dessus du magasin du tailleur Kandinsky, pour lequel Joanne travaille.

Joe est sérieusement déterminé à exaucer les vœux de ses voisins pauvres qui se tuent à la besogne. Après avoir entendu M. Kandinsky raconter qu'une licorne capturée permet la réalisation de tous les vœux, Joe utilise son argent de poche pour acheter un chevreau qui a une corne au milieu du front, pensant qu'il s'agit d'un animal magique…

LE SAVEZ-VOUS ?

1 Comment sont représentées les armoiries de l'Angleterre ?
2 Quel est l'emblème du club de football d'Amiens ?
3 Qu'est-ce que l'Einhyrningur ?
4 Quel est le symbole de la LGBT (Lesbian Gay Bi et Transgenre) ?
5 Qu'est représenté sur le blason de la ville de Saint-Lô ?
6 Sur les filigranes de papier, qu'apparaît-il le plus souvent ?

RÉPONSES :

1 « À dextre un lion couronné d'or et à senestre une licorne d'argent armée, lampassée, et entravée aussi d'or. La chaîne est attachée à une couronne du même ».
2 Deux licornes et deux branchages en gris clair complètent le logo. Ce logo s'inspire des armoiries complètes de la ville d'Amiens, qui représentent deux licornes cabrées entourant le blason de la ville.
3 Montagne d'Islande dont le nom, qu'elle doit à sa forme, signifie « la licorne ».
4 La licorne associée à ce mouvement et à l'arc-en-ciel
5 « De gueules à la licorne saillante, au chef d'azur chargé de trois fleurs de lys d'or ».
6 Une licorne, parfois sanglée.

Quel animal ressemblerait le plus à la licorne ?

Elasmotherium sibiricum, aussi surnommée « Licorne de Sibérie », était déjà connue depuis le XIXe siècle. Jusqu'à présent, les scientifiques pensaient que cette espèce était éteinte depuis 350 000 ans.
Un crâne bien conservé mis au jour récemment dans la région de Pavlodar, au Kazakhstan, a permis de reconsidérer la période pendant laquelle l'animal a vécu. Cette licorne a croisé l'homme sur Terre...
Ce gros rhinocéros de 4 tonnes, noir et velu, possédait une corne qui mesurait environ 1 m 50 et pesait plusieurs kilos.

Vue d'artiste d'un Elasmotherium.

ISBN 978-2-38148-009-1
9 782381 480091

Texte : Jean-Marc Harel-Ramond
Photographies : RMN - Bridgeman - Shutterstock - Adobe Stock - Illustrations : Tibere Medori
Dépôt légal : 2e trimestre 2022
PRINTED IN FRANCE

IL ÉTAIT UNE FOIS…

Naguère, la licorne servait de monture aux dieux et vivait en groupe dans une forêt enchantée…

Dans son ouvrage *Histoire de l'Inde*, le médecin et historien grec Ctésias (IVe siècle av. J.-C.) mentionne, pour la toute première fois, dans cet univers indien, la licorne nommée *Monoceros* : « Des ânes sauvages qui ne sont pas moins grands que des chevaux. Ils ont le corps blanc, mais la tête complètement pourpre et leurs yeux reflètent une couleur bleu sombre. Ils portent une corne sur le devant de la tête longue d'une coudée et demie ; la base de la corne est blanche, la pointe est pourpre, et la partie médiane est complètement noire (…) Celui qui boit dans cette corne ne connaît plus les maladies (…) ni les effets du poison ».

Un siècle plus tard, avec Solin, la corne de l'animal, d'une splendeur merveilleuse, devient magique. Puis, la licorne fit son entrée dans la Bible. L'Ancien Testament mentionne, à plusieurs reprises, un animal sous le nom de *re'em* traduit malencontreusement par *monokeros* (une corne) puis *unicornus* devenu « licorne » dans la Bible en français. Le philosophe et théologien Albert le Grand utilisa, en sciences naturelles, une méthode descriptive qui rompait avec les évocations allégoriques des bestiaires. Aussi a-t-il été adjoint à la liste des animaux unicornes un « monoceros piscis » dans lequel on reconnaît le narval. Un rhinocéros ? Oui, puisque son animal est « de taille moyenne », a les « sabots fendus », porte « une longue corne sur le milieu du front, avec laquelle il peut percer même la chair de l'éléphant, il vit dans les montagnes et les déserts », et « ne craint pas les chasseurs ». Comme Pline, il précise que « Pompée exhiba cet animal à Rome aux jeux du cirque ».

LES DIFFÉRENTES ESPÈCES DE LICORNES

La licorne sylvestre

Cette espèce courante, blanche avec une corne en ivoire, possède des yeux qui vont du bleu profond au rose clair. Une longue crinière blanche dévale le long de son cou et sur son front. On distingue les mâles à leur barbichette, tandis que les femelles sont dotées d'une musculature plus fine et plus élégante. Herbivore, elle ne mange que de l'herbe et des feuilles. Elle n'a qu'un amour une seule fois dans sa vie et demeure fidèle jusqu'à la fin de son existence. Vivant dans les forêts dont elle assure protection et défense, elle n'a aucun ennemi hormis ceux qui nuisent à la nature.

L'alicorne

Ressemblant en tous points à la licorne sylvestre, sa corne noueuse et tordue arbore une couleur brun pâle.

Elle partage le même territoire et les mêmes mœurs. Toutefois, elle préfère les forêts anciennes, où les arbres sont séculaires.

La pyrocorne

Le pelage de cette licorne est d'un rouge sombre, ses yeux d'un rouge brillant et sa crinière s'apparente à une rangée de flammes.

Sa corne est entièrement composée de feu.

Dotée d'un tempérament tourné vers le mal, elle peut cracher un long trait incandescent qui enflamme tout ce qui passe à sa portée.

Les pyrocornes ne s'unissent qu'une fois par année, s'accouplent, puis se séparent. Les poulains sont élevés par leur mère pendant les six premiers mois de leur existence, puis sont livrés à eux-mêmes.

Elles établissent leur domaine dans des réseaux de galeries souterraines, dans des cavernes et dans des mines abandonnées dont la profondeur ne dépasse pas 100 mètres, et se nourrissent de champignons et de la vermine qui vit sous la terre.

Rouanicorne

Espèce dotée d'une toison d'un brun pâle, d'une crinière brun foncé et d'yeux de la même couleur, la rouanicorne vit dans les sables des déserts les plus arides, voyageant en troupeaux composés de plusieurs spécimens des deux sexes. Se nourrissant des rares fleurs qui poussent, de buissons épineux et de cactus, elle a la capacité de ne pas boire pendant plus d'une semaine. Lors des chaleurs, il arrive que le troupeau entier s'enfouisse sous le sable pour trouver un peu de fraîcheur. Elle a le don de communiquer télépathiquement avec ses congénères.

Licorne de mer

Étrange créature qui possède la tête, le poitrail et les pattes antérieures d'une licorne et la queue d'un dauphin. Elle est dépourvue de poils, son corps est constitué d'une peau écailleuse d'un bleu pâle presque blanche.

Sa longue crinière ressemble à des algues. Ses yeux sont d'un bleu intense, lumineux. Elle vit dans n'importe quel plan d'eau salée qui n'excède pas 50 mètres de profondeur et se nourrit d'algues.

Unisus

Issue d'une union entre une licorne et un pégase (cheval ailé rattaché aux forces de la nature et à l'eau), elle vit dans les forêts et se nourrit d'herbes, de fruits et d'autres plantes. Sa corne unique torsadée et ses ailes pour voler l'engagent à porter des valeurs comme la liberté, la légèreté, le message divin et la capacité à se rapprocher de la lumière. Elle se reproduit en pondant des œufs, à défaut d'un tous les dix ans.

CONNAISSEZ-VOUS "LA DAME À LA LICORNE" ET LES LICORNES ?

La tenture d'un illustre inconnu « La Dame à la licorne », composition de six tapisseries du début du XVIe siècle, représente les cinq sens et un sixième nommé « À mon seul désir ».Dans chacune des représentations, la licorne apparaît à droite de l'œuvre. Sur l'une d'entre elles, la licorne contemple son image dans le miroir que lui tend la dame. En 1885, « Les Licornes » sont une peinture qui s'inspire, par sa thématique, des six célèbres tapisseries de « La Dame à la Licorne » acquises par le musée de Cluny en 1882. Afin de parvenir à cette richesse nécessaire, pilier de son esthétique, Gustave Moreau mêla des motifs ornementaux d'origine médiévale à d'autres inspirés de la Renaissance.

On aperçoit au loin la nef qui mena ces princesses en cet étrange lieu. Deux d'entre elles enlacent des licornes qui restent impassibles.

Ces animaux légendaires, réputés farouches, ne se laissaient, dit-on, approcher que par des vierges.

Toutes les femmes sont ici richement parées, l'une tient en main un lys symbole de pureté et une précieuse épée effilée. Sur les vêtements d'une autre figurent, délicatement dessinés, des animaux fabuleux, des combats épiques, dont celui de saint Georges et le dragon. Le calice sur le coin droit de l'œuvre participe au climat de mystère qui y règne.

Tenture de la Dame à la Licorne : la Vue.

SYMBOLISME DE LA LICORNE

De nos jours, la licorne, symbole de puissance exprimée essentiellement par sa corne, représente le faste et la pureté.

Alors qu'elle sépare les eaux polluées et détecte les poisons, elle ne peut être touchée que par une personne pure et chaste.

Animal de bon augure, la licorne concourt à la justice royale ; elle frappe les coupables de sa corne, telle une flèche spirituelle, un rayon solaire ou l'épée de Dieu.

Symbole de la fécondité spirituelle et de la virginité physique, elle renonce à l'amour par fidélité à l'amour. Certains comparent sa corne à une verge frontale…

En alchimie, elle symbolise le mercure.

En psychanalyse, elle confirme une ambivalence entre le Yin (couleur blanche et pure) et le Yang (corne phallusienne puissante et vindicative). Cette épée frontale possède le pouvoir de vie, de jouissance, de bien contre le mal, de justesse et de justice.

Rêver d'une licorne renvoie à l'imaginaire, à la pureté, à l'affrontement du bien et du mal. Elle peut devenir le guide qui ouvre les portes du Paradis ou de l'Enfer. Elle nous confronte à notre nature inconnue et au pouvoir de notre imagination, à nos fantasmes. Sa corne symbolise l'ouverture du centre coronal et la montée de l'énergie spirituelle. Sa robe blanche permet à chacun d'y projeter ses propres désirs.

Triomphe de la Chasteté d'après Petrarque.

CULTURE POPULAIRE

Dans les romans

- ***La Fille du roi des Elfes*** de Lord Dunsany raconte la rencontre des licornes avec un royaume enchanté.
- ***La Dernière Licorne*** de Peter S. Beagle relate la vie paisible d'une licorne.
- ***Les Dames à la licorne*** de René Barjavel décrit le mariage d'un comte avec une licorne.

À la télévision

- ***She-Ra, la princesse du pouvoir*** présente Éclair, un cheval qui se transforme en une licorne ailée dotée de la parole,
- ***My Little Pony***, une série dont l'héroïne, la licorne Twilight Sparkle, est l'élève d'une princesse.

Sur Internet

- ***La licorne rose invisible***, un paradoxe selon lequel une licorne serait rose et invisible, une idée développée au cours des années 1990 par des étudiants de l'université de l'Iowa créant un manifeste autour d'une religion basée sur une multitude de licornes roses invisibles.
- Un Évangile de la licorne rose et invisible circule également sur le net…
- La mode est à la licorne qui s'invite dans les accessoires de décoration, de mode, de cosmétiques.

Elle séduit les jeunes filles qui développent une véritable licorne-mania qui révèle une femme rebelle, indomptable, un exemple d'un nouvel idéal féminin qui s'assume et s'impose dans une société parfois machiste et misogyne.

Elle devient une femme forte, pure, féminine, inaccessible, mystérieuse et secrète…

La licorne

Créature légendaire nommée parfois unicorne

La licorne (« qui n'a qu'une corne ») se présente sous la forme d'un cheval blanc, gracieux et pur, aux sabots fendus, et dont le front est orné d'une longue corne torsadée, souvent dorée, possédant la magie de neutraliser, instantanément, les poisons. Sa force et son élégance naturelle en font une créature féérique et fabuleuse qui aussitôt, par son apparition impromptue, fascine et charme petits et grands. Douce, pacifique, la licorne ne connaît ni la haine ni la colère, mais l'amour qu'elle distille comme par enchantement. Symbole de fécondité spirituelle, elle demeure l'emblème de la pureté de l'âme, de l'amour fidèle et absolu. Elle n'hésite pas, grâce à ses pouvoirs divins, à se sacrifier pour ceux qui le nécessiteraient et d'offrir aux justes la chance de réaliser leurs vœux. Légendaire, elle se présente tel un cheval élancé, évoluant avec une grâce permanente que seules les fées peuvent domestiquer.

AEDIS